Edwards letzter Film

Jürgen Hartl

Jürgen Hartl

# Edwards letzter Film

Fantasie

**Impressum**

Bibliografische Information der Deutschen
Nationalbibliothek:
Die Deutsche Nationalbibliothek verzeichnet diese
Publikation in der Deutschen Nationalbibliografie;
detaillierte bibliografische Daten sind im Internet über
http://dnb.dnb.de abrufbar.

© 2021 Jürgen Hartl

Lektorat: Sabine Kraft/ Cathrin Muell Bundesverband
Kinderhospiz e. V.
Korrektorat: Sabine Kraft/ Cathrin Muell Bundesverband
Kinderhospiz e. V.
Cover Design: Saruulkhishig Boldbaatar

Bilder im Buch: © Willi Raiber für den Bundesverband
Kinderhospiz e. V.

Herstellung und Verlag: BoD – Books on Demand,
Norderstedt

ISBN: 978-3-7543-9506-6

# Vorwort

Die Geschichte von Edward ist eine rein fiktive Geschichte. Und doch beschreibt sie auch Ereignisse, wie sie weltweit tagtäglich passieren.

Edward steht stellvertretend für all die Kinder, zu denen das Leben alles andere als gerecht war und ist. Auch die Personen um diese Kinder herum, Eltern, Geschwister, Verwandte, Ärzte und Pflegepersonal, dürfen nicht vergessen werden.

Keine der Personen in der Geschichte ist real, nichts davon ist wirklich passiert.

Sicher kann den hohen emotionalen Anforderungen und Belastungen aller, die mit einem Kinderhospiz zu tun haben – seien es die Kinder selbst oder alle anderen –, keine Geschichte wirklich gerecht werden. Jedoch hoffe ich, dass es mir zumindest gelingt, Interesse für das Thema zu wecken.

Kinderhospize sind Orte, die es eigentlich gar nicht geben sollte und von denen es doch viel zu wenige gibt. Vor allem aber sind es Orte, die Unterstützung brauchen.

Am Ende dieses Buches finden Sie Informationen, wie Sie Kinderhospize unterstützen können.

# Prolog

Da saß Edward nun auf seinem Bett und wusste nicht so recht, was mit ihm passiert war. Gerade erst war er mit dem Krankentransport hergebracht worden.

Fast sieben Monate lang war er schon Patient der Universitätsklinik, zwei Jahre zuvor hatte man Leukämie bei ihm diagnostiziert. Anfangs musste er nur zu Untersuchungen in die Klinik, aber schnell verschlechterte sich sein Zustand, die Aufenthalte im Krankenhaus wurden häufiger und immer länger.

Bis kurz vor seinem zehnten Geburtstag war Edward ein fröhlicher kleiner Junge, der Fußball spielte, auf Bäume kletterte und Fast Food liebte.

Edward war stark, voller Lebenswillen und Hoffnung. Tapfer ertrug er kraftraubende und schmerzhafte Behandlungen. Seine Familie unterstütze ihn vorbildlich, wann immer sie konnte, besuchte sie ihn.

Edward hatte die Hoffnung nie aufgegeben, bis vor drei Monaten das Unvorstellbare passiert war. Dabei war es eigentlich ein normaler Tag gewesen: Edwards Familie hatte ihn in der Klinik besucht, alles war super gelaufen. Seine kleine Schwester Ebby hatte ihn wie immer zum Lachen gebracht, er war stolz, ihr großer Bruder zu sein.

Am Ende des Tages hatten sich alle verabschiedet, voller Vorfreude auf den nächsten Besuch. Auf der Heimreise musste Edwards Familie ein kurzes Stück über die Autobahn fahren, auf der sich eine Baustelle befand.

Unregelmäßigkeiten der Fahrbahn am Ende der Baustelle und ein heftiger Windstoß sorgten dafür, dass ein neben ihnen fahrender Lkw erst ins Wanken geriet und dann umfiel und Edwards Familie unter sich begrub.

Die Nachricht über den Tod seiner Familie löste bei Edward einen Nervenzusammenbruch aus, es dauerte Tage, bis er wieder ansprechbar war.

Er verlor die Hoffnung, sein Immunsystem – ohnehin schon angeschlagen – war nun endgültig zu schwach für weitere Behandlungen.

Die Ärzte waren ratlos: Was sollte passieren, wo sollte Edward bleiben, gab es Verwandte die sich kümmern konnten? Das Jugendamt wurde eingeschalten, die Krankenkasse informiert.

Verwandte konnten nicht gefunden werden, Edward war ganz allein. Einer der Ärzte, Prof. Dr. Konrad, setzte sich sehr für Edward ein und konnte nach langem Suchen und mit Zustimmung des Jugendamts einen Platz in einem Kinderhospiz für ihn finden, in dem besser für ihn gesorgt werden konnte. Der Professor versprach, ihn bald zu besuchen.

# Kapitel 1

# Ankunft

Da saß Edward nun und fühlte sich wie abgeschoben. Wieso durfte er nicht in der Klinik bleiben? Er war doch immer brav gewesen und eigentlich war er sicher, dass die Schwestern und Ärzte ihn mochten!

Weshalb nur wurde er weggeschickt? Er erinnerte sich noch an ein Gespräch zwischen den Ärzten: Sie sprachen über ihn, er sei austherapiert.

Austherapiert, Edward hatte gegoogelt, was das heißt. Es bedeutet, dass es keine wirksame Behandlung mehr gibt oder weitere Therapien sogar schädlich für den Patienten sein könnten.

© Willi Raiber für den Bundesverband
Kinderhospiz e. V.

Er war zwar erst zwölf Jahre alt, aber er hatte durch die lange Zeit im Krankenhaus sehr viel gelernt. Es war ihm klar, was das bedeutete.

Normalerweise hätte er jetzt gegoogelt, was ein Hospiz ist, aber nach dem Gespräch der Ärzte hatte er eine Ahnung, worum es ging.

Die Schwestern, Pfleger und Ärzte waren schon so etwas wie eine Ersatzfamilie für ihn geworden – und nun, als er sie gerade richtig gebraucht hätte, schickten sie ihn fort!

Dass Prof. Dr. Konrad versprochen hatte, ihn zu besuchen, vergaß er in diesem Moment.

Gerade einmal fünf Minuten waren vergangen, seit die Sanitäter ihn hergebracht hatten, aber es kam ihm vor wie eine Ewigkeit. Eine Ewigkeit, in der er sich alleingelassen, abgeschoben und verraten fühlte.

Eine Schwester namens Michaela brachte ihm heiße Schokolade. Sie war noch in der Ausbildung und mit ihrer frischen, jugendlichen Art – sie war mit ihren 17 Jahren gar nicht so viel älter als Edward selbst – gelang es ihr, ihm zumindest ein schüchternes „Danke" zu entlocken.

Die heiße Schokolade tat gut und im Prinzip fand Edward Schwester Michaela sehr sympathisch. Aber in der Uniklinik waren sie auch nett zu ihm gewesen – und hatten ihn doch fortgeschickt.

Still saß er auf seinem Bett, trank seine heiße Schokolade und spielte Spiele auf seinem Handy.

Ein Quietschen auf dem Gang lenkte ihn ab, das Quietschen kam näher und plötzlich fuhr ein Mädchen in einem Rollstuhl ins Zimmer.

Sie steuerte geradewegs auf Edward zu, blieb direkt vor dem Bett stehen, und mit einem Lächeln, das beinahe von einem Ohr zum anderen reichte, platzte es aus ihr heraus: „Hey, ich bin Vanita! Du bist Edward, stimmt's?"

Edward war sehr erstaunt, dass sie seinen Namen kannte. Er mochte sie sofort, ihr hübsches Lächeln und ihre strahlenden rehbraunen Augen gefielen ihm sehr. Schüchtern antwortete er: „Ja, woher weißt du das?"

„Schwester Hannah hat es mir gesagt", antwortete Vanita. „Ist das die junge Schwester", fragte Edward, „die mir eine heiße Schokolade gebracht hat?"

„Nein, das war Schwester Michaela, sie ist noch in der Ausbildung. Schwester Hannah ist die Oberschwester hier", erklärte Vanita ihm.

Vanita und Edward verstanden sich sofort. Die beiden waren fast gleich alt, sie waren die Ältesten hier, und außer Oskar, der zehn Jahre alt war, waren alle anderen um einiges jünger.

Schwester Michaela kam ins Zimmer. „Habe ich es mir doch gedacht, dass du hier bist, Vanita. Deine Eltern sind da, sie warten in deinem Zimmer!"

„Darf ich später wieder zu Edward kommen?", fragte Vanita.

„Ja, natürlich", sagte Schwester Michaela und bemerkte dabei den traurigen Blick des Jungen.

Sie lächelte Edward an, strich ihm mit der Hand zärtlich über den Kopf und fragte: „Na, mein Großer, soll ich dir noch eine heiße Schokolade bringen? Wenn du magst, darfst du auch einen Film sehen!" Edward lächelte schüchtern und nickte.

Vanita verabschiedete sich von Edward und verließ zusammen mit Schwester Michaela das Zimmer.

# Kapitel 2

# Vanita

Vanita und Edward verbrachten immer mehr Zeit miteinander.

Edward empfand eine Menge für Vanita, aber er hatte auch Angst, enttäuscht zu werden.

Er stand noch am Anfang der Pubertät und hatte keinerlei Erfahrung mit Mädchen.

In der Uniklinik hatte er sich schon einmal verliebt, nicht in eine Patientin, sondern in eine Praktikantin. Leider beruhte diese Liebe jedoch nicht auf Gegenseitigkeit.

Edward machte denselben Fehler wie viele andere vor ihm. Nennen wir es die ‚Sympathiefalle‘: Menschen, die einsam sind, verwechseln Sympathie bisweilen mit Liebe.

Seine Sorgen waren jedoch unbegründet. Vanita hegte ebenfalls Gefühle für ihn.

Auch das Pflegepersonal bemerkte bald, dass zwischen den beiden mehr als nur Freundschaft war; man wusste nicht so recht, wie man damit umgehen sollte. Einerseits fanden alle es süß, andererseits wollte man den beiden gerne den Schmerz ersparen, der unweigerlich kommen würde. Der Tod war absehbar und würde einen von beiden allein zurücklassen und ein tiefes Loch reißen. Andererseits: Mit welchem Recht sollten sie die junge Liebe behindern oder gar zerstören, wo sie doch offensichtlich so guttat!

Jeder Moment, jeder Augenblick, in dem die Kinder ihr Leid, ihr Schicksal vergessen konnten, zählte und war wichtig.

Am liebsten wären die beiden zusammen in ein Zimmer gezogen. Das aber wusste Oberschwester Hannah zu verbieten, ein bisschen musste man doch die Ordnung wahren.

Hannah meinte das nicht böse, wenngleich es bei Vanita und Edward so ankam.

Die Oberschwester gönnte den beiden Todgeweihten durchaus ihre junge Liebe. Und lag nicht gerade auch im Geheimen, Verborgenen ein besonderer Reiz?

Hannah erinnerte sich an ihre ersten Erfahrungen mit der Liebe. Hätte jeder davon gewusst, es wäre nur halb so aufregend gewesen.

Jeder ging also auf seine eigene Weise mit der Situation um: Schwester Michaela tat meist, als würde sie nichts merken oder sie scherze mit den beiden. Kurt, der Hausmeister, war sowieso so etwas wie ein Ersatzonkel für alle Kinder und ging überhaupt nicht darauf ein.

Tim, der derzeit Sozialstunden im Hospiz ableisten musste, weil er fand, dass öffentliche Verkehrsmittel keiner Bezahlung durch den Fahrgast bedurften, da sie ohnehin mit Steuermitteln bezahlt wurden, stand Edward wie ein großer Bruder bei.

© Willi Raiber für den Bundesverband Kinderhospiz e. V.

Alle sahen, dass es den beiden guttat, dass sie glücklich waren und das war das Wichtigste. Ihr Strahlen schien sich sogar auf die anderen, Patienten wie Personal, positiv auszuwirken.

So freuten sich auch die Ärzte und Vanitas Eltern über das junge Glück.

Gerne verdrängten sie alle den Gedanken daran, dass schon bald ein Abschied der unangenehmsten Art bevorstand.

Die Tage verstrichen und Edward wurde zum festen Bestandteil des Lebens von Vanita und ihrer Familie. Längst durfte er dabei sein, wenn Vanita Besuch von ihren Eltern bekam.

Doch es kam, wie es kommen musste: Die beiden saßen mittags zusammen und spielten Karten, als Vanita plötzlich anfing, stark zu husten.

Es war ein regelrechter Anfall, sie bekam keine Luft mehr, wurde rot, ja beinahe blau im Gesicht. Und sie spuckte Blut.

Edward war außer sich, panisch rief er nach den Schwestern.

Hannah und Michaela kamen sofort, sie nahmen Vanita mit und Hannah wies Michaela an, Vanitas Eltern anzurufen.

Ein Arzt wurde geholt, er gab Vanita Schmerzmittel und Medikamente, die den Husten milderten, aber nichts konnte helfen, ihr Leben zu verlängern.

Ihre Eltern kamen. Vanita war mittlerweile schon sehr schwach geworden, nur mit Mühe konnte sie ihre Augen noch offen halten.

Sie hielten ihre Hände, aber sie hatte keine Kraft mehr.

Ihr Atem wurde immer flacher, sie öffnete den Mund, als wollte sie etwas sagen, aber es kamen keine Wörter mehr, nur ein leises Seufzen. Dann bewegte sich der Brustkorb nicht mehr. Vanita war gestorben.

Es wurde still im Raum, es war nicht der Moment für Worte. Plötzlich hörten alle Edward, der im Eingang des Zimmers stand, zitterte und weinte.

Vanitas Mutter stand auf und ging zu ihm hin, nahm seine Hand und führte ihn zu seiner geliebten Freundin.

Sie legte seine Hand in Vanitas Hand, umarmte ihn, der Vater umarmte ihn auch, alle drei weinten sie gemeinsam.

Schnell war Edward erschöpft, Schwester Michaela brachte ihn schließlich ins Bett.

Er schlief sofort ein, aber es sollte ein kurzer, unruhiger und albtraumhafter Schlaf sein.

Bereits nach wenigen Stunden wurde er wieder wach und fing erneut an zu weinen.

Er war nun wieder allein, das ganze Glück, alles weg, das Leben konnte so gemein und hinterhältig sein.

Da lag er, weinte und fragte sich, weshalb er überhaupt geboren worden war, was für einen Sinn das Leben hatte, wenn man sowieso ständig alles wieder verlor.

# Kapitel 3

## Die Enten am Teich

Kraftlos lag Edward im Bett. Alle versuchten, ihn aufzumuntern, aber zu oft schon in seinem kurzen Leben war das Schicksal grausam zu ihm gewesen.

Selbst an heißer Schokolade und Gummibärchen hatte er kein Interesse mehr.

Seine Familie war tot, Vanita war tot und niemand war mehr da, der ihn besuchte.

Prof. Dr. Konrad hatte versprochen, zu kommen, aber abgesehen von einem Anruf hatte er nichts mehr von ihm gehört.

© Willi Raiber für den Bundesverband
Kinderhospiz e. V.

Auch Vanitas Eltern meldeten sich nicht. Er dachte, sie würden vielleicht einmal vorbeikommen, sie hatten sich doch so gut verstanden!

Die einzige Sache, die Edward noch interessierte, waren die Enten am Teich. Von seinem Fenster aus konnte er sie sehen, Kurt und Tim stellten ihm das Bett so, dass er hinausblicken konnte.

Er liebte Tiere. Vom Leben im Allgemeinen und von den Menschen im Besonderen war er mittlerweile enttäuscht. Schon gar nicht konnte er verstehen, wie man in einem Hospiz arbeiten konnte. Er verstand nicht, wie man es ertragen konnte, dass Menschen, mit denen man täglich zu tun hat, plötzlich starben.

Was tat er hier, was für einen Sinn machte es, im Bett zu liegen und auf das Ende zu warten?

Langsam setzte er sich auf und stellte die Füße aus dem Bett. Es fiel im schwer, die Schmerzmittel halfen auch nur noch bedingt. Schmerzen war er jedoch längst gewohnt.

So gerne wollte er zum Teich, einmal noch übers Gras laufen, einmal die Enten aus der Nähe sehen! Langsam steckte er sich ein paar Kekse in die Tasche.

Vorsichtig stand er auf, seine Beine waren wackelig, seine Muskeln zitterten, denn die Krankheit schwächte ihn enorm.

Ganz sachte setzte er einen Fuß vor
den anderen, doch schon nach wenigen
Schritten verlor Edward das
Gleichgewicht. Mit einem lauten
Poltern schlug er auf dem Boden auf.

Regungslos blieb er liegen, es wurde
schwarz vor seinen Augen. Ein paarmal
noch sah er etwas Licht und glaubte,
Umrisse von Menschen
wahrzunehmen. Auch hörte er
Stimmen, aber es schien ihm, als wären
sie sehr weit weg.

Dann wurde es plötzlich dunkel, aber
nur für einen kurzen Moment. Er hatte
auf einmal das Gefühl, Wind zu spüren
und er fühlte Gras zwischen seinen
Fingern und an seinem Gesicht.

Was er nicht mehr spürte, waren die
Schmerzen, auch das Schwindelgefühl
war fort.

© Willi Raiber für den Bundesverband Kinderhospiz e. V.

Nach einer kurzen Weile fasste er allen Mut zusammen und öffnete die Augen. Er lag nur wenige Meter vom Teich entfernt auf der Wiese.

Am Teich stand eine Bank und auf der saß ein alter Mann. Er hatte einen langen Bart und kurze graue, fast schon weiße Haare. Edward hatte ihn noch nie zuvor gesehen.

‚Wie bin ich hierhergekommen?‘, fragte Edward sich. ‚Ach, egal‘, dachte er, ‚ich habe es ja geschafft.‘

„Ja, du hast es geschafft!“, sagte der alte Mann. „Wie, was meinen Sie?“, fragte Edward erstaunt.

„Komm her, ich habe trockenes Brot, du wolltest doch Enten füttern“, erwiderte der Mann. Edward setzte sich zu ihm, nahm das Brot und warf es den Enten auf dem Teich zu.

Es machte ihm große Freude, die Tiere zu füttern.

„Was geht hier vor sich? Sie wissen, was ich gedacht habe, meine Schmerzen sind fort und wie ich hierhergekommen bin, weiß ich auch nicht. Bin ich tot? Sind Sie der Tod?"

„Ja, du bist tot, ich habe dich hierhergebracht, um dir deinen letzten Wunsch zu erfüllen, es tut mir leid", sagte der Tod.

„Haben sie mich getötet?", fragte Edward vorsichtig. „Nein, gestorben bist du an deiner Krankheit, hättest du nicht versucht, hierherzukommen, hättest du noch etwas länger gelebt."

„Aber Sie sind doch der Tod, Sie töten doch Menschen!"

„Ja, man nennt mich Tod, manchmal auch Gevatter Tod, Fährmann oder Sensenmann; im Grunde genommen habe ich viele Namen. Es kommt darauf an, aus welchem Land die Menschen stammen oder an welche Religion sie glauben. Meine Hauptaufgabe ist es, die Menschen in ihr weiteres Dasein zu begleiten, darum finde ich ‚Fährmann‘ auch den passendsten Namen", erklärte der Alte.

# Kapitel 4

## Fährmann

Seltsamerweise verspürte Edward keine Angst, aber er hatte viele Fragen.

„Wie soll ich Sie nennen?", fragte er den Fährmann.

„Namen sind mir nicht wichtig, wähle einen, der dir angenehm ist", erwiderte der Fährmann.

„Es ist nicht wirklich ein Name, aber ,Opa' wäre schön, ich hatte nie einen Opa", sagte Edward.

Der Tod lächelte. „Opa, das war ich noch nie, aber es gefällt mir, mein Junge. Stelle deine Fragen, ich weiß, du möchtest viel wissen."

Auch Edward lächelte, überlegte kurz und dann brach es aus ihm heraus: „Werde ich meine Familie wiedersehen? Und Vanita, werde ich sie auch wiedersehen, sie hat ja eine andere Religion? Gibt es verschiedene Götter? Wo werde ich hingebracht und was ist mit dem ‚weiteren Dasein' gemeint?"

„Oh ja, es gibt verschiedene Götter, die Menschen haben sie selbst geschaffen, durch den Glauben sind sie entstanden, selbst ich bin so entstanden. Mich gibt es in allen Religionen. Aber mit den Religionen ist es ein bisschen wie mit den Krankenversicherungen: Alle versprechen viel und jede behauptet, die beste zu sein.

Im Grunde ist aber die Leistung bei allen dieselbe.

Du wirst deine Familie und auch Vanita wiedersehen.

Mit Dasein meine ich den Zustand, in dem du und alle anderen Toten sind. Ihr seid Geister, Energiewesen. Mit dem Leben verbindet man einen Körper, Wachstum, Verletzungen und Krankheit, all das haben Tote nicht. Jetzt bist auch du ein Geist, dein Körper liegt noch dort oben in deinem Zimmer."

„Bleibt mein Aussehen so wie jetzt?", fragte Edward etwas besorgt.

„Dein Äußeres bleibt so, wenn du es möchtest, du gehst nun in eine Welt, in der deine Gedanken alles bestimmen.

Was mich zu deiner Frage bringt, was mit dir passieren wird, wo ich dich hinbringen werde.

Viele Menschen sagen, wenn man stirbt, würde einem das ganze Leben noch einmal wie ein Film vor Augen ablaufen. Sie haben recht, zumindest zum Teil. Ich zeige jedem noch einmal die wichtigsten und glücklichsten Punkte in seinem Leben. Jeder soll zufrieden in die neue Welt starten.

Wir werden nun ins Kino gehen, es läuft der Film deines Lebens."

Er schnippte mit den Fingern und Edward fand sich in einem Kino wieder. Neben ihm saß der alte Mann.

# Kapitel 5

## Edwards Film

Edward war erstaunt. Sie saßen doch tatsächlich in einem Kino, auf den Sitzen neben ihnen standen Popcorn und große Becher mit Limonade.

Der Film startete und Edward sah, wie er nach seiner Geburt zufrieden und glücklich an der Brust seiner Mutter lag. Sein Vater machte Fotos und nahm ihn dann, um ihn zusammen mit einer Krankenschwester zu waschen und zu wickeln.

Er sah, wie er nach Hause gebracht wurde; das Haus war mit Luftballons geschmückt und viel Menschen kamen zu Besuch.

© Willi Raiber für den Bundesverband
Kinderhospiz e. V.

All seine Geburtstage wurden ihm gezeigt. Sein erster Schultag, so viele glückliche Momente, die er längst vergessen hatte.

Er durfte sehen, wie er zusammen mit seinem Vater das Baumhaus gebaut hatte, nicht zu vergessen der Tag an dem Ebby geboren worden war – Edward war so stolz gewesen, ein großer Bruder zu sein!

Ebby hatte ihn immer zum Lachen gebracht. Sogar der Tag, an dem sie Pizza für die Eltern machen wollten, war in dem Film. Es war ein Sonntag und die Eltern lagen noch im Bett.

Edward und Ebby hatten Kinderfilme im Fernsehen angesehen.

Plötzlich kamen sie auf die Idee, Essen für die Eltern zu machen.

Schon oft hatten sie zugesehen, wie ihre Mutter Pizza zubereitet hatte.

Ebby hatte am Tag zuvor mitbekommen, dass ihre Mutter Teig gemacht hatte, der nun im Kühlschrank stand.

Nur war das leider Butterteig und kein Pizzateig.

Was die beiden Kinder aber nicht davon abhielt, den Teig auf einem Blech auszurollen und mit Tomaten, Wurst und Käse zu belegen.

Die Eltern wurden wach und rochen sofort, dass irgendetwas gebacken wurde. Den Geruch konnten sie aber nicht identifizieren.

Schnell liefen sie in die Küche.

Es gelang ihnen, die Pizza – oder was immer es auch war – vor dem Verbrennen zu retten.

Edward musste schmunzeln, als er im Film sah, welche Gesichter ihre Eltern beim Essen der Pizza gemacht hatten.

Aber er war auch stolz und dankbar für seine tollen Eltern, da sie die Pizza ja nur gegessen hatten, um Ebby und ihn nicht zu enttäuschen.

Es war auch nicht so, dass man sie gar nicht essen konnte, aber seltsam schmeckte sie schon.

Nach diesem Vorfall durften Ebby und er immer dabei sein, wenn ihre Mama Pizza machte. Scheinbar wollten die Eltern unbedingt verhindern, dass sich das wiederholte.

Edward hatte ganz vergessen, wie schön sein Leben gewesen war.

Wie viel Spaß und welche Lebensfreude er in seiner Kindheit gehabt hatte, vor der Krankheit.

Seine ganzen Erfolge zusammen mit der Fußballmannschaft, all die schönen Momente – er war froh, dass er das alles noch einmal sehen durfte.

Er war so glücklich und so ergriffen, so vertieft in den Film über sein erfülltes Leben! Ohne es zu merken, hatte er die Hand von Opa genommen und sich an ihn gekuschelt. Opa alias der Tod spielte gerne mit. In diesem Moment war er der Opa, den Edward im Leben nie gehabt hatte.

Vielleicht war er sogar besser als jeder echte Opa. Es war auch nicht so, dass er kein Mitgefühl hatte, ganz im Gegenteil: Es tat ihm immer sehr weh, wenn er Kindern ihren letzten Film zeigen musste.

Gerade Edward war ja vom Schicksal besonders hart und grausam getroffen.

Der Film ging zu Ende und Edward fragte nervös „Muss ich jetzt gehen, was wird mich erwarten?"

„Eigentlich müsstest du nun gehen, ich würde dich zu der Tür dort drüben begleiten, über der ‚Ausgang‘ steht. Das ist der Zugang zu deiner neuen Welt. Diese Tür funktioniert nur in eine Richtung, du kannst nie wieder zurück, aber ich verspreche dir, du wirst dort glücklich sein."

„Was heißt eigentlich? Was passiert mit mir?", unterbrach Edward.

„Nun, für dich habe ich noch ein paar kurze Filme, nicht über dich, nein, ich werde dir einige Menschen zeigen, denen du Unrecht getan hast.

Du hast das nicht mit Absicht getan, aber ich möchte nicht, dass du gehst, bevor du weißt, dass es gute Menschen sind.

Normalerweise mache ich so etwas nicht, aber du sollst wissen, dass du niemanden egal warst und weshalb Menschen in Hospizen arbeiten. Du darfst Professionalität nicht mit Gefühllosigkeit verwechseln."

# Kapitel 6

# Prof. Dr. Konrad

„Fangen wir mit dem Professor an", schlug Opa vor.

„Weil er mich nicht besucht, hat?", fragte Edward. „Ja, mein Junge, bitte sei bei den Filmen sehr aufmerksam, ich möchte, dass du verstehst, warum diese Menschen so sind, wie sie sind."

Edward sah Prof. Dr. Konrad als kleinen Jungen, etwa im gleichen Alter wie er jetzt. Er spielte zusammen mit seiner Schwester; sie kletterten auf den Baum, um an die reifen Kirschen zu kommen, als seiner Schwester urplötzlich schlecht wurde.

Ihr wurde in letzter Zeit häufig schlecht und sie fühlte sich oft kraftlos.

Anfangs hielten ihre Eltern es noch für eine Erkältung, aber nun kam es ihnen doch merkwürdig und bedrohlich vor.

Sie beschlossen, für eine genaue Abklärung ins Klinikum zu fahren. Nach unzähligen Untersuchungen stand die Diagnose schließlich fest: Leukämie, die gleiche heimtückische, chronische Erkrankung wie bei Edward.

Prof. Dr. Konrad konnte es nicht ertragen, dass man dieser Krankheit so machtlos gegenüberstand. Für ihn war Leukämie ein Feind, der mit allen Mitteln der Wissenschaft bekämpft werden musste. Der Tod seiner Schwester manifestierte seinen Willen, gegen diese Krankheit zu kämpfen.

Er schaffte es, Medizin zu studieren und konnte auch einige Erfolge im Bereich der Chemotherapie verbuchen. Aber alles in allem blieb die Krankheit noch immer ein kaum lösbares Mysterium.

Tag und Nacht suchte er nach neuen Therapiemöglichkeiten, ein privates Leben kannte er nicht.

Die Klinik wurde zu seinem eigentlichen Zuhause, die wenigen Stunden, die er in seiner Wohnung verbrachte, benötigte er zum Schlafen und zum Waschen seiner Kleidung.

Gerne wollte er Edward besuchen, aber er konnte all seine anderen Patienten auch nicht allein lassen.

Edward erinnerte sich: Er hatte sich in der Klinik oft gewundert, dass Prof. Dr. Konrad fast immer da war.

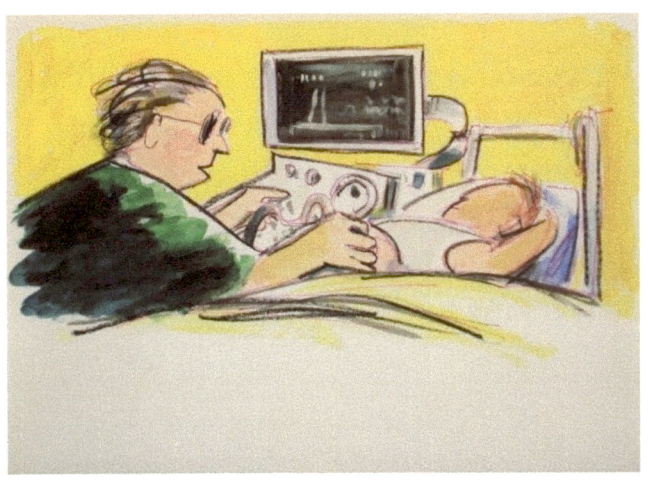

© Willi Raiber für den Bundesverband
Kinderhospiz e. V.

Er verstand nun, dass er dem Professor
nicht gleichgültig gewesen war oder
dieser ihn einfach vergessen hätte,
sondern dass er einfach viel zu sehr mit
seinem Beruf und dem Kampf gegen
den Krebs beschäftigt war.

# Kapitel 7

## Oberschwester Hannah

Hannah wirkte oft streng, etwas kalt und gefühllos.

Aber sie musste alles am Laufen halten und es ist nicht immer leicht, so viel Verantwortung zu tragen.

Die gesamten Abläufe lagen in ihrer Verantwortung, das Bestellen der Medikamente wie auch das Verabreichen ebendieser oblag ihr.

Das Personal vertraute stets auf Hannah, sie war der Fels in der Brandung.

© Willi Raiber für den Bundesverband
Kinderhospiz e. V.

Aber sie war auch die Verbindung zwischen den Ärzten, dem Personal, den Patienten und die erste Anlaufstelle für die Angehörigen.

Der Film zeigte Hannah bei der Arbeit, als sie gerade das Personal einteilte. Wie meist hatte sie einen, man kann nicht sagen unfreundlichen, aber sehr bestimmenden Tonfall.

Manche nannten sie heimlich ‚Feldwebel‘.

Aber sie war durchaus beliebt bei ihren Kollegen, jeder wusste, dass man sich zu einhundert Prozent auf sie verlassen konnte.

Ebenso war sich jeder darüber bewusst, welche Verantwortung, welche Last sie zu tragen hatte.

Kaum jemand wusste etwas über ihr privates Leben. Sie trauerte um jedes einzelne Kind, das ging.

Zusammen mit ihrem Mann pflegte sie in ihrer Freizeit die Gräber von verwaisten Kindern.

Dass sie manchmal streng zu den Kindern war, lag einfach daran, dass sie ihnen etwas Normalität geben wollte. Eine Gesellschaft braucht Regeln und als Oberschwester war sie ja so etwas wie die Mutter der Station. Und Mütter müssen nun mal Regeln aufstellen, damit alles reibungslos funktionieren kann.

Edward verstand nun einiges und er erkannte durchaus, dass Hannah unter ihrer rauen Schale ein warmherziger Mensch war.

# Kapitel 8

## Schwester Michaela

Schwester Michaela war immer gut gelaunt, es gab niemanden, der sie nicht auf Anhieb sympathisch fand.

Ihre jugendliche Unbeschwertheit machte sie bei allen Kindern äußerst beliebt. Aber sie musste auch noch sehr viel lernen und so kam es mehr als einmal vor, dass sie von Hannah zurechtgewiesen wurde.

Am häufigsten passierte das, weil sie wiederholt mit dem Schreiben ihrer Berichte in Verzug war. Sie widmete ihre Zeit lieber den Kindern als der erforderlichen Bürokratie.

© Willi Raiber für den Bundesverband
Kinderhospiz e. V.

Edward konnte sich noch gut an seinen ersten Tag im Hospiz erinnern, wie herzlich Michaela zu ihm gewesen war, wie sie ihm heiße Schokolade gebracht hatte. Es war ihr sofort gelungen, das Eis zu brechen, nachdem er sich so verraten und abgeschoben gefühlt hatte.

Der Film zeigte ihm aber auch eine andere Seite von Michaela, zeigte Michaela, wie sie jedes Mal, wenn ein Kind starb, kurze Zeit später in der Toilette oder im Keller verschwand, damit niemand ihre Tränen sehen konnte.

Oder wie sie abends in den Armen ihres Freundes lag, weinte und nicht wusste, ob sie diese Arbeit weitermachen konnte und sollte.

Um dann an jedem neuen Morgen, an dem sie aufstand, für die Kinder zu beten. Dann wusste sie wieder, dass das genau die Arbeit war, die sie machen wollte.

Auch wenn sie ständig mit sich rang, wusste sie, dass die Kinder sie brauchten, es geht im Hospiz nicht um den Tod, sondern um das Leben. Jeder Tag war es wert, ihn lebenswert zu machen.

Das war nicht nur das Credo des Hospizes, sondern auch das Mantra des Personals.

Edward wurde nun bewusst, wie wichtig die Arbeit im Hospiz war und große Dankbarkeit durchflutete ihn.

# Kapitel 9

## Kurt

Kurt war der Hausmeister im Hospiz. Vor vielen Jahren hatte er dort als Aushilfsgärtner angefangen.

Er wohnte in der Nachbarschaft und da er damals gerade arbeitslos gewesen war, hatte er sich auf die Stellenanzeige gemeldet, als eine Hilfskraft für den Garten gesucht wurde.

Eigentlich war er gelernter Installateur und so kam es, dass er recht schnell auch für andere Tätigkeiten eingesetzt worden war. Bereits nach wenigen Monaten konnte er von der Stelle als Aushilfe in eine Vollzeitstelle als Hausmeister wechseln.

Kurt liebte seine Arbeit, er liebte es, den Kindern immer wieder kleine Freuden zu bereiten, indem er versuchte, ihnen möglichst jeden Wunsch zu erfüllen.

Seine Taschen waren immer voller Süßigkeiten.

Nur mit dem Tod der Kinder kam er nicht zurecht, er war ein sensibler Mensch.

Wenn er in einem der Patientenzimmer zugange war und Ärzte hereinkamen, verließ er das Zimmer sofort. Alle interpretierten sein Verhalten damit, dass er nicht stören wollte und dass er nun mal ein freundlicher und zuvorkommender Mensch war.

Aber er wollte einfach nicht wissen, wie es um die Kinder stand, er wollte sie als Kinder sehen und nicht als Sterbende.

Kurt hatte nie eigene Kinder gehabt, seine Frau starb früh durch einen Autounfall. Danach schaffte er es nicht, sich wieder neu zu verlieben und so waren die Kinder im Hospiz für ihn wie eigene Kinder. Das Hospiz war zu seiner neuen Familie, seiner Bestimmung geworden.

# Kapitel 10

# Tim

Anfangs widerstrebte Tim die Arbeit im Hospiz. Außerdem war er nicht freiwillig hier. Dass er Sozialstunden leisten musste, empfand er als einen Akt der Willkür, eine reine Machtdemonstration der Obrigkeit, welcher er mehr als kritisch gegenüberstand.

Abgesehen vom Gericht, gab es aber noch eine andere, für ihn viel mächtigere Instanz: seine Eltern, und die hatten genug von seinen Eskapaden.

Wie es der Zufall so wollte, wohnten sie genau gegenüber von Hannah – und so war es schnell geregelt, dass er seine Sozialstunden im Kinderhospiz ableisten konnte.

Zu Beginn war Tim die Arbeit unangenehm, allein der Gedanke dass er mit Sterbenden zu tun haben würde, löste Widerwillen in ihm aus.

Schnell aber erkannte er den Wert der hier geleisteten Arbeit und aus Skepsis wurde Interesse. Endlich hatte Tim etwas gefunden, das seinem Leben einen tieferen Sinn gab.

Je länger er seinen Dienst im Hospiz ableistete, desto mehr reifte der Gedanke, der Wille in ihm, eine sinnstiftende Berufsausbildung zu machen.

Hannah nahm wahr, wie er sich im Laufe der Zeit positiv veränderte, wie sehr er zunehmend in seinen Aufgaben aufging. Sie versprach Tim, sich für ihn einzusetzen.

# Kapitel 11

# Vanitas Eltern

„Wir sind nun fast am Ende angelangt, aber etwas möchte ich dir noch zeigen.

Du warst auch enttäuscht, dass Vanitas Eltern dich nicht mehr besucht haben, sich nicht einmal mehr gemeldet haben."

Edward sah, wie Vanitas Eltern zu Hause erst weinten, dann aber anfingen, sich gegenseitig Vorwürfe zu machen.

Der Kummer über den Tod ihrer geliebten Tochter begann das Ehepaar zu entzweien.

War es wirklich die richtige Entscheidung gewesen, das Kind ins Hospiz zu bringen?

Hatten sie wirklich alle Möglichkeiten ausgeschöpft oder wären andere Ärzte und Krankenhäuser in der Lage gewesen, ihr zu helfen – vielleicht sogar, sie zu retten?

Sogar die Wahl ihres Namens wurde nun zum Streitthema.

Sie hatten ‚Vanita‘ gewählt, da ihre Oma denselben Namen trug; es war ein Name aus ihrer indischen Heimat und er bedeutete Vergänglichkeit.

Normalerweise waren sie nicht abergläubisch, nicht einmal besonders religiös.

Nun aber war die Verzweiflung so groß, dass plötzlich alles eine Bedeutung zu haben schien.

Das kleinste falsche oder missverstandene Wort konnte nun zu einem handfesten Streit führen.

Durch ihren Schmerz, ihren tiefen Kummer über den erlittenen Verlust der Tochter, vergaßen sie ihre Liebe zueinander.

Sie hatten so lange mit sich gekämpft und gerungen, bevor sie sich entschließen konnten, Vanita ins Hospiz zu bringen.

Der ambulante Dienst des Kinderhospizes kam schon einige Zeit zu ihnen, aber sie konnten die Belastung nicht mehr ertragen.

Sie konnten nicht zusehen, wie Vanitas Zustand ständig schlechter wurde.

„Es ist keine Schande, wenn man sich eingesteht, dass man mit seinen Kräften am Ende ist", unterbrach der Tod, „nur so konnten sie weiter für ihr Kind da sein. Manchmal braucht es etwas Abstand, um wieder Nähe zulassen zu können", fuhr er fort.

„Werden sie wieder glücklich werden, werden sie zusammenbleiben?", fragte Edward.

„Es wird ein hartes Stück Arbeit, aber ich denke schon. Sie werden noch einige Zeit vom psychologischen Dienst des Hospizes betreut."

# Kapitel 12

# Der Abschied

Der Film war zu Ende. Edward wurde nun doch nervös, traurig sah er den Tod an. Sie umarmten sich. „Keine Sorge, mein Junge, alles wird gut werden, du musst keine Angst haben."

„Wirst du mich in die neue Welt begleiten, Opa?"

„Nein, leider nicht, dort an der Tür endet mein Reich, aber ich weiß, es wird dir gutgehen, du wirst dort glücklich werden."

„Darf ich noch einen Moment, nur eine kurze Weile hierbleiben?"

„Ja, sicher, Zeit spielt hier keine Rolle",
sprach der Tod und drückte Edward
fest an sich.

Eine ganze Weile saßen sie still da und
umarmten sich. Keiner der beiden hätte
im Nachhinein sagen können, wie lange
sie so dasaßen.

Aber Edward war nun bereit, er stand
auf, bedankte sich beim Tod und
zusammen gingen sie zu der Tür, über
der ‚Ausgang' geschrieben stand.

Sie verabschiedeten sich voneinander
und Edward ging hindurch.

Gevatter Tod kniete nieder und weinte;
es war einer dieser Momente, in denen
er hasste, was er war.

# Epilog

Edwards Geschichte ist nicht real, doch steht sie für das Schicksal vieler Kinder, das ihrer Angehörigen, Ärzten und des Pflegepersonals.

Sicher ist die Geschichte etwas überspitzt dargestellt, aber die einzelnen Schicksale kann es so auch wirklich geben.

Die Arbeit von Kinderhospizen, bzw. der dazugehörigen Vereine liegt meist in der Unterstützung der Familien zu Hause und in der Trauerbegleitung.

Stationäre Aufenthalte sind immer noch eher Ausnahme als Regel, was sich vor allem durch fehlende Förderung, nicht jedoch aus Mangel an Bedarf begründet. Ganz im Gegenteil!

Da die Arbeit mehrheitlich durch
Ehrenamtliche geleistet und durch
Vereine getragen wird, sind die Mittel
jedoch sehr begrenzt.

In der Öffentlichkeit ist meist nichts
davon zu hören – die Kombination
von Kindern und Tod ist etwas, das
man nicht gerne in Zusammenhang
bringt.

Mir selbst ging es genauso, als ich vor
einigen Jahren durch Zufall auf einen
Artikel über ein Kinderhospiz gestoßen
bin. Zuerst war ich geschockt: Ein
Hospiz für Kinder, der Gedanke löste
Unbehagen bei mir aus. Und doch war
mein Interesse geweckt, ich fragte
mich, wie man an einem Ort arbeiten
kann, an dem Kinder sterben.

Schnell wurde mir aber die Wichtigkeit dieser Arbeit bewusst und der Wunsch, zu helfen, erwachte in mir. Aber wie nur – um selbst dort zu arbeiten, bin ich zu weich, ich würde vermutlich daran zugrunde gehen.

Finanziell habe ich auch keine Möglichkeiten, aber ich überlegte mir, dass ich zumindest auf die Thematik aufmerksam machen könnte.

Und so entstand die Geschichte von Edward. Es war mir ein Anliegen, eine nicht allzu lange Story zu schreiben, wir leben in einer schnelllebigen Zeit und meines Erachtens sollte es Bücher geben, die man auch bei einer Zugfahrt oder dergleichen gut lesen kann. Deshalb habe ich auch eine etwas größere Schrift gewählt.

Abschließend möchte ich mich beim Bundesverband Kinderhospiz e. V. dafür bedanken, dass ich das Spendenkonto und Logo veröffentlichen darf.

Und hoffe, dass sich einige Menschen finden, die bereit sind, diese schwierige und selbstlose Arbeit zu unterstützen.

# Bundesverband
# Kinderhospiz e. V.

Spendenkonto

Sparkasse Olpe

Bankleitzahl: 462 500 49

Kontonummer: 2 90 33

IBAN DE03 4625 0049 0000 0290 33

BIC WELADED1OPE

www.bundesverband-
kinderhospiz.de

Sie haben Fragen oder sind selbst betroffen? Wenden Sie sich gerne an den

Bundesverband Kinderhospiz e.V.

Die Hilfe-Plattform
www.Frag-OSKAR.de
ist rund um die Uhr kostenlos
für Sie da!

Das OSKAR-Sorgentelefon: unter 0800 8888 47 11
– rund um die Uhr für betroffene Familien und Trauernde